ANDERSON CAVALCANTE

Meu pai, meu herói

ANDERSON CAVALCANTE

Meu pai, meu herói

SEXTANTE

revisão: Magda Tebet e Rafaella Lemos
capa, projeto gráfico e diagramação: Agência Gautio
pesquisa de fotos: Andréa Cavalcante de Figueiredo
imagens de capa e miolo: Thinkstockphoto.com, © Greenland © Nyul / Dreamstime.com, iStockphoto.com, Corbis / Latinstock, Shutterstock.com, Getty Images,
imagem da página 12 e 82: Dri Bresciani
impressão e acabamento: Yangraf Gráfica e Editora Ltda.

CIP-BRASIL. CATALOGAÇÃO-NA-FONTE
SINDICATO NACIONAL DOS EDITORES DE LIVROS, RJ

C364m
Cavalcante, Anderson
Meu pai, meu herói / Anderson Cavalcante; Rio de Janeiro: Sextante, 2013.
84 p.; il.; 15 x 15 cm

ISBN 978-85-7542-962-4

1. Pais - Miscelânea. 2. Pais e filhos - Miscelânea. I. Título.

13-02511 CDD: 306.8742
CDU: 316.346.2

Todos os direitos reservados, no Brasil,
por GMT Editores Ltda.
Rua Voluntários da Pátria, 45 – Gr. 1.404 – Botafogo
22270-000 – Rio de Janeiro – RJ
Tel.: (21) 2538-4100 – Fax: (21) 2286-9244
E-mail: atendimento@esextante.com.br
www.sextante.com.br

DEDICATÓRIA

Ao meu pai, Eraldo,
meu herói e minha
referência de vida.

AGRADECIMENTOS

A Deus, por sempre me ajudar a cumprir minha missão.

A todos os pais que são exemplos para os seus filhos.

A todos os filhos que reconhecem a importância dos ensinamentos de um pai.

Ao meu anjo da guarda, Marisa Mariano, cúmplice dos meus projetos.

À minha irmã Andréa, que dedica seu talento especial e bom gosto para materializar meus textos em imagens encantadoras.

A Dani Gautio e Paula Chiuratto Paiva, que têm brindado meus projetos com muita criatividade e sofisticação.

UM MOMENTO ESPECIAL

Faz seis anos que publiquei *Meu pai, meu herói* pela primeira vez, e eu não poderia deixar de registrar minha felicidade por lançar esta nova edição, agora como pai. Quando escrevi este livro eu o fiz com o olhar de um filho que desejava agradecer e demonstrar todo carinho por essa figura tão importante em nossa vida. Hoje eu revisito estas páginas com um olhar mais amplo, pois acabo de me tornar pai.

Como é bom acordar sabendo que existe alguém que veio de você para compartilhar a experiência da vida e do viver. Como é bom conhecer o poder de um singelo sorriso capaz de recarregar suas baterias depois de um dia de trabalho. Como é bom receber um presente de Deus e saber que Ele me ama.

Meu pai sempre me disse que eu só iria entender o que é amor incondicional quando tivesse um filho, e ele estava certo. O filho desperta em nós uma outra dimensão do amor, aguça os nossos sentimentos e nos faz descobrir quanto temos que evoluir como seres humanos.

Agradeço a todos vocês que buscam viver essas experiências ao lado das pessoas queridas e que procuram compartilhar o amor através de pequenos gestos repletos de significado. Desejo que esta edição possa levar ainda mais cores para a relação entre você e seu pai. Que assim seja.

INTRODUÇÃO

Falar do amor que a gente sente pelo nosso pai é um gesto de generosidade e gratidão que às vezes fica de lado, entre aquelas coisas que julgamos essenciais na teoria, mas que no dia a dia são difíceis de colocar em prática.

Modelo, exemplo, espelho. Dele herdamos muito do que somos, ainda que, de vez em quando, num viés invertido. É dele a mão firme que molda nosso caráter, sustenta nossas convicções e apaga nossas fraquezas, mostrando que a vida pode ser um exercício contínuo de aprendizado e aprimoramento.

Porém, ainda hoje, com toda a transformação do mundo, quase sempre é ele quem passa a maior parte do tempo fora de casa para nos proporcionar a segurança e o conforto de que precisamos desde o nascimento até nos sentirmos fortes o bastante para ganhar o mundo.

Então, o amor que sentimos... bem, o amor que sentimos fica guardado lá, num cantinho do coração, e a gente fica achando que não precisa dizer claramente, afinal ele já sabe...

É... Mas uma palavra de amor, dita no tom certo, no momento exato, pode fazer uma existência inteira valer a pena! Talvez tudo o que seu pai esperou ou espera ouvir de você seja um sincero e verdadeiro "obrigado" ou "eu te amo".

Por isso este livro – repleto de palavras plenas de afeto, ternura e gratidão – talvez seja uma boa forma de simbolizar esse amor que você sente, mas nunca, ou pouquíssimas vezes, disse a ele.

Então, não perca esta chance. Comece agora a retribuir todo o amor que você recebeu do homem mais importante da sua vida. Diga em alto e bom som tudo o que ele é para você. Tenho certeza de que o vínculo existente entre vocês se tornará ainda mais forte.

Como toda criança,
eu quis ter um pai.

Um pai que fizesse os medos do mundo se reduzirem ao tamanho de uma formiga.

Alguém mágico a ponto de transformar a vida num rio margeado de alegria e com as cores do arco-íris.

Mas Deus me
deu muito mais!

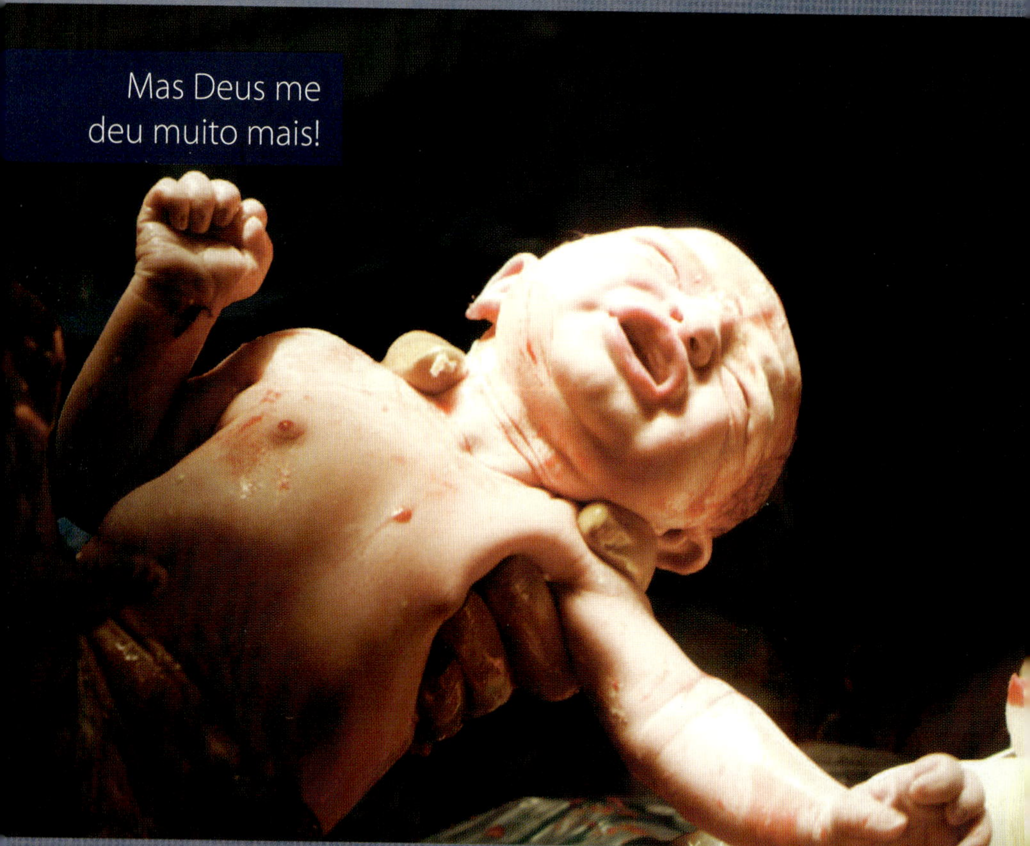

Mandou um anjo protetor gigante para ficar ao meu lado.

Com asas em formato de mãos, para amortecer meus tombos e me acariciar os cabelos nas noites insones.

Com olhos de lince para identificar os espinhos no meu caminho.

Com uma voz familiar
para conversar comigo,
cantar para mim...

Eu sei que não deve ter sido
fácil para você, no início,
lidar com o medo e
a delícia de se descobrir pai.

Será que em algum momento da vida a gente está
preparado para assumir um papel com tantas exigências?

Mas sua respiração suspensa
ao ouvir meu coraçãozinho
bater em seus braços superou
todas as expectativas.

Eu senti que você já
me amava, mesmo
antes de me conhecer!

Talvez esse amor
tenha se fortalecido
com o despertar da
sua consciência para
a fragilidade da vida.

Desde então, pai, você se colocou em segundo plano, cedendo tudo o que tinha, e o que não tinha, para mim.

Até a mamãe passou
a ser de nós dois!

Também teve que
aprender a fazer coisas
que ninguém havia
ensinado a você,
para que eu pudesse
aproveitar apenas o
lado bom da vida.

Sei que você não
mediu esforços para
que nada me faltasse.

Trabalhou dobrado para me proporcionar conforto.

Eu me lembro do seu amor às vezes desajeitado, que aumentava na mesma proporção em que eu crescia.

Tenho guardados, aqui num cantinho misterioso do meu coração, os altos papos que você batia comigo.

É por isso que no seu colo eu sempre me sinto tranquilo e seguro.

Mas tenho que reconhecer
quanto eu tumultuei a sua vida!

Abusei da sua bondade!

Tirei suas noites
tranquilas de sono...

Quantas madrugadas você passou, exausto, dormindo na beirada da cama, para que eu não despertasse depois de ter tomado o seu lugar?

E tantas outras torceu para que eu dormisse e você tivesse um tempinho para se divertir.

Mas bastou que eu crescesse um pouco para você se sentir recompensado.

Pensa que não sei que seu
maior orgulho era ouvir
alguém dizer "É a cara do pai"?

E para mim, pai, você se transformou no espelho do que eu queria ser...

No exemplo que
eu queria seguir.

Porque desde que eu era pequeno você me ensinava as coisas mais importantes da vida...

É verdade que, algumas vezes,
antes mesmo que eu estivesse
pronto para lidar com elas.

Mas vou carregar no coração
seus ensinamentos sobre o certo
e o errado por toda a minha vida.

A ideia de que homem não chora...

Só de vez em quando: se o time da gente perde, se a pessoa que a gente ama sofre, se vai embora, se...

Sua lição de que
precisamos proteger
quem a gente ama...

De que eu tenho que estudar sempre. Afinal, a vida só faz sentido se a gente aprende algo novo todos os dias.

Que não devo abrir mão da minha independência, de ter uma carreira, de ser capaz de me sustentar.

Você também
me ensinou que
não posso levar
desaforo para casa.

Nem fazer desaforo para que os outros levem para a casa deles.

Não sei se já disse isso a você, mas a melhor hora do dia era quando eu ouvia o som das suas chaves do outro lado da porta.

E o abraço gigante e
delicioso que sempre
vinha depois...

Aquele seu jeito de me abraçar,
de olhar para mim...

É, pai, quanto mais o tempo passa, mais eu gosto de você!

Seu olhar firme
foi sempre minha
maior inspiração
para ir em frente.

E tinha também sua força, a me
ajudar a encontrar o equilíbrio...

Você me ensinou talentos
que nem você tinha...

Sem contar, pai, a
confiança que você tinha
nas minhas habilidades.

E sua torcida incondicional para que eu superasse meus limites.

Muitas vezes, ao vibrar com as minhas vitórias, você se esqueceu do seu próprio mérito.

Você acreditou em mim
quando nem eu acreditava.

É claro que a gente
também se desentendeu.

Principalmente quando era você quem mandava e eu que tinha que obedecer.

É, você foi meu herói,
meu bandido!

Mas os valores que você me ensinou se transformaram em balizas para o meu caminho.

Com você aprendi a assumir a responsabilidade pelos meus atos.

A perceber que tudo na vida tem consequência...

Você me ensinou a importância de deixar pelo caminho
marcas das quais eu pudesse me orgulhar.

Você me fez perceber
que nem tudo o que não
vemos não existe.

Que nunca é tarde para fazer a coisa certa ou descobrir do que a gente realmente gosta.

Que ninguém é tão mau como parece nem tão bom como demonstra ser.

Que o barato da vida é deitar a cabeça
à noite e poder dormir tranquilo, sem
nenhum peso na consciência.

Você não sabe quanto isso fortaleceu minha autoconfiança!

Por isso, você é
para mim a medida
de todas as coisas.

Seu amor me ajudou a achar
o meu lugar no mundo.

Se eu for para os meus filhos metade do que você foi para mim, tenho certeza de que terei cumprido minha missão!

Agradecerei eternamente por você ter me educado e me ensinado a encontrar meus valores.

Quero que você saiba que tenho muito,
mas muito orgulho de ter você como pai!

E que você, pai...

... você é o homem da minha vida!

Você também pode fazer parte desta história.
Esta página é sua!
Escolha uma foto com seu pai que represente um momento importante para vocês e cole aqui.

Anderson Cavalcante é administrador, escritor, filho e agora um pai que busca praticar no dia a dia as mensagens expressas aqui.

Outros títulos do autor

mais de **280 mil** livros vendidos

MEU JEITO DE DIZER QUE TE AMO

"Amar é a união de tudo o que a vida tem a nos oferecer. Ouse, permita--se, entregue-se e você poderá viver um grande amor." Um livro cheio do amor que todo mundo deseja e merece receber.

mais de **190 mil** livros vendidos

AS COISAS BOAS DA VIDA

Contemplar um pôr do sol... Tomar um banho demorado no fim do dia... Você tem aproveitado as coisas boas da vida? Descubra as pequenas atitudes que você pode tomar para aproveitar o melhor que a vida tem a lhe oferecer.

mais de **100 mil** livros vendidos

VOCÊ ACREDITA EM MILAGRES?

Milagres podem acontecer a qualquer momento e em qualquer lugar. Até quando menos esperamos. Mas para enxergá-los, é preciso estar com os olhos e com o coração bem abertos e, principalmente, é preciso ter fé. Você acredita em milagres?

mais de **190 mil** livros vendidos

O QUE REALMENTE IMPORTA?

Para responder essa pergunta, você deve ser ousado, se questionar e buscar seus objetivos. Este livro contém reflexões que o ajudarão a traçar metas e descobrir o que realmente importa.

Informações sobre os próximos lançamentos

Para saber mais sobre os títulos e autores
da EDITORA SEXTANTE,
visite o site www.sextante.com.br,
curta a página facebook.com/editora.sextante
e siga @sextante no Twitter.
Além de informações sobre os próximos lançamentos,
você terá acesso a conteúdos exclusivos e poderá participar
de promoções e sorteios.

Se quiser receber informações por e-mail,
basta cadastrar-se diretamente no nosso site
ou enviar uma mensagem para
atendimento@esextante.com.br

www.sextante.com.br

facebook.com/esextante

twitter: @sextante

EDITORA SEXTANTE
Rua Voluntários da Pátria, 45 / 1.404 – Botafogo
Rio de Janeiro – RJ – 22270-000 – Brasil
Telefone: (21) 2538-4100 – Fax: (21) 2286-9244
E-mail: atendimento@esextante.com.br

Obras do autor:

1) Não deixem estas letras caírem do galho - (poesia)

2) Assim se passaram os anos - (poesia)

3) Como se tece uma manhã - (poesia)

4) Providenciários em prosa e verso - (coletânea)

5) De cavacos e picumãs - (poesia)

6) O papo do papagaio - (poesia infantil)

7) Poemaria - (poesia)

Um cisco em meu olho?
Ah, sorrindo disse o próprio Chico:
— Eu não corro risco,
com toda bondade deste mundo místico,
deixe que eu mesmo tiro
do meu olho este cisco.

Um cisco
no olho de São Francisco,
sorriu o irmão sol:
— Largue isto pra lá,
com a luz do olhar
de Santa Luzia,
ela tira este cisco.

Um cisco
no olho de São Francisco,
suspirou a flor:
— Isto não faz mal,
com o bico
do velho pica-pau,
ele tira este cisco.

Um cisco
no olho de São Francisco,
cantarolou a estrela:
— Tudo está tranqüilo,
com o cricri
do pequeno grilo,
ele tira este cisco.

Um cisco
no olho de São Francisco,
resmungou o bicho-preguiça:
— Hoje eu não arrisco,
amanhã, se não chover,
tiro do seu olho este cisco.

Um cisco
no olho de São Francisco,
falou a árvore:
— Isto é mole pra chuchu,
com o pulo
do sapo cururu,
ele tira este cisco.

Um cisco
no olho de São Francisco,
sussurrou o rio:
— Não há problema,
com a graça
das asas da garça,
ela tira este cisco.

Um cisco
no olho de São Francisco,
imaginou a nuvem:
— Não tenha dúvida,
com o rabo
do gato assustado,
ele tira este cisco.

Um cisco
no olho de São Francisco,
sorriu a chuva:
— Não há perigo,
com o dedo
do menino sem medo
ele tira este cisco.

Um cisco
no olho de São Francisco,
diz o vento:
— Ele não corre risco,
com o bico
do beija-flor arisco
ele tira este cisco.

Capa e ilustrações
Túlio Oliveira

Foto da contra-capa
O autor e seu filho Fausto, aos 7 anos.

S585c Silva, Olegário Alfredo da.
Um cisco no olho de São Francisco / Olegário Alfredo da Silva. – Belo Horizonte : Mazza Edições, 2003.
16 p.

1. Literatura brasileira – poesia. I. Título.

CDD: B869.1
CDU: 869.0(81)-1

Mazza Edições Ltda.
Rua Bragança, 101 – Bairro Pompéia
30280-410 Belo Horizonte – MG
Telefax: (31) 3481-0591 • e-mail: edmazza@uai.com.br

Olegário Alfredo

Um cisco no olho de São Francisco

Ilustrações:
Túlio Oliveira

MAZA
edições

Um cisco no olho
de São Francisco